2

FINNISH NIGHTMARES II
by Karoliina Korhonen

이 도서의 국립중앙도서관 출판예정도서목록(CIP)은
서지정보유통지원시스템 홈페이지(http://seoji.nl.go.kr)와
국가자료공동목록시스템(http://www.nl.go.kr/kolisnet)에서 이용하실 수 있습니다.
(CIP제어번호: CIP2019001584)

마티, 내 안의 작은 핀란드인

소심한 개인주의자를 위한 소설 가이드 2

카롤리나 코로넨 글·그림 | 페트리 칼리올라 옮김

문학동네

일러두기

각주는 모두 옮긴이주입니다.

여러분, 다시 만나 반가워요!

이 친구는 마티예요. 혹시 모르실까봐
말씀드려요. 어쩌면 이미 마티를
아는 분들도 계실 거예요. 이 책은
마티의 일상에 관한 두번째 책이거든요.
(마티는 조금 당황스러워하는 점이지만.)

마티는 '흔한 핀란드 사람 1인'이에요.
전형적인 핀란드 사람처럼
행동한다는 뜻이죠.
늘 말없이 움직이면서,
눈에 띄거나 튀지 않으려 최선을 다하고,
누구에게도 민폐를 끼치지 않으려 한답니다.

핀란드의 진실:

핀란드 좋아!
로디*, 키미 라이쾨넨**,
아이스하키, 눈도 많이 오고…
굉장해!
응, 굉장하지!

핀란드 친구를 행복하게 해주려면:
핀란드에 대해 들어본 것들은 일단 말하고 본다.

* Lordi, 헤비메탈 밴드.

** Kimi Räikkönen, 카레이서.

마리, 내 안의 작은 핀란드인

핀란드의 여름

여름인가! 생각하자마자 겨울이 돌아올 때.

어이, 안녕!
왠지 올 것 같더라니!
여름휴가 맞지?
사우나 하고 소시지 먹을 거지? 헤헤.
응, 뭐, 비슷하지.

여름별장의 이웃이 초대 없이 방문할 때.

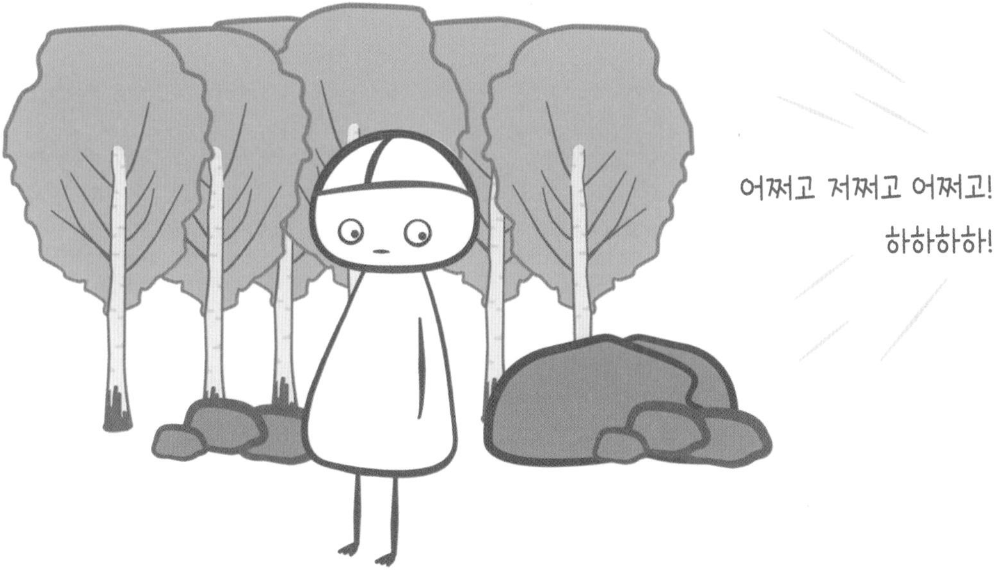
어쩌고 저쩌고 어쩌고!
하하하하!

그 이웃이 소음을 유발할 때.

낯선 누군가와 하필 같은 장소에서 쉬어가게 될 때.

여름휴가 내내 매일같이 비가 내릴 때.

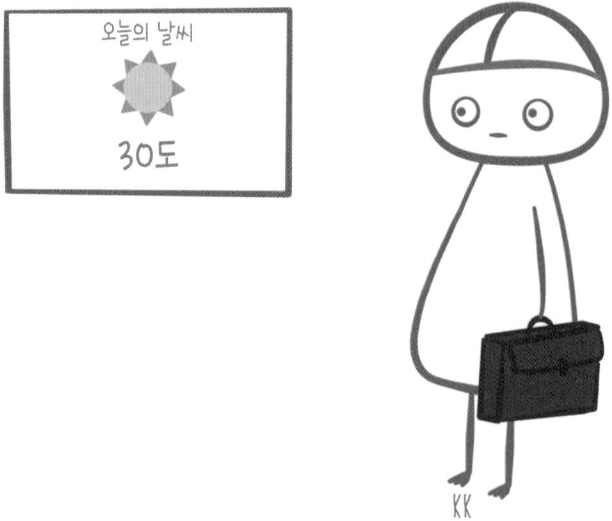

휴가에서 돌아오니
진짜 여름이 시작될 때.

핀란드의 진실:

핀란드의 여름은 아이스크림과 함께 시작된다.

마리, 내 안의 작은 핀란드인

여행중에

일등으로 들어가고 싶지만,
서두르는 것처럼 보이고 싶진 않을 때.

보안검색대 앞에서
설마 실수로 위험 물건을 가져오진 않았겠지, 조바심날 때.

앉아서 기다릴까 하는데
모든* 자리에 누군가 앉아 있을 때.

* 핀란드 사람들 시각에서 이 그림은 모든 자리가 차 있는 것과 같다.

내가 예약한 좌석이 이미 차 있을 때.

할 수 없이 앉았는데 옆사람 팔을 건드렸을 때.

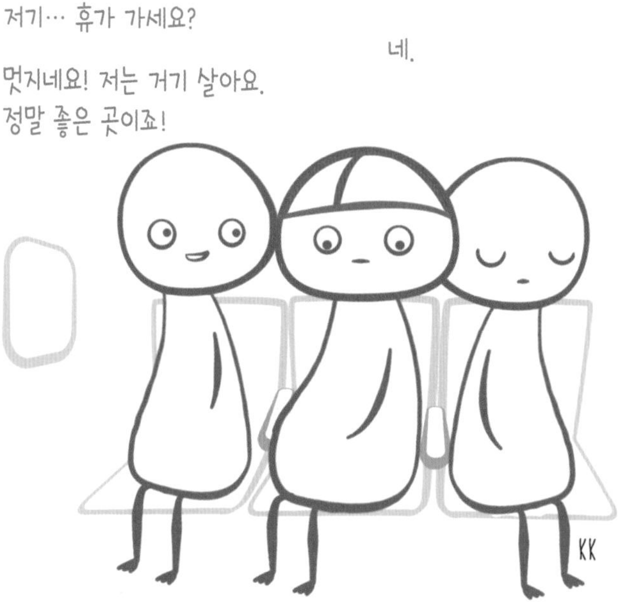
저기… 휴가 가세요?
네.
멋지네요! 저는 거기 살아요.
정말 좋은 곳이죠!
KK

갑자기 옆사람이 말을 걸어올 때.

화장실이 급해졌는데,
비켜달라며 옆사람을 귀찮게 하고 싶지 않을 때.

수하물도 일등으로 찾고 싶지만,
나보다 더 바쁜 사람들이 많아 보일 때.

아무래도 길을 잃은 것 같지만,
다른 사람들 붙잡고 귀찮게 하고 싶지는 않을 때.

도와드릴까요?
저 이 동네 살아요. 괜찮으니까 물어보세요!
어디 찾으세요?
아, 그게…

그러다 누군가 먼저 알아보고 도와주겠다고 고집할 때.

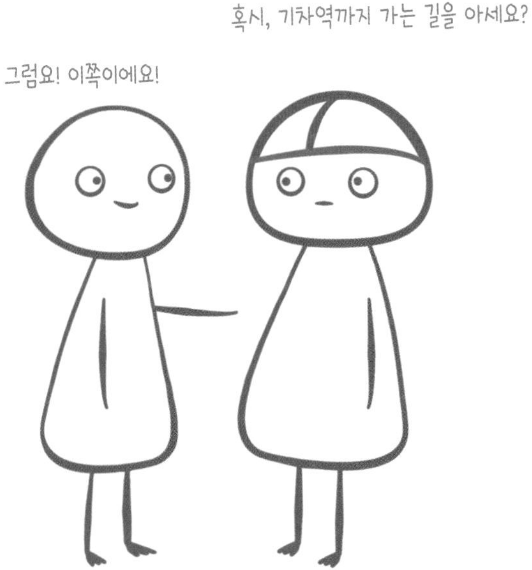
혹시, 기차역까지 가는 길을 아세요?
그럼요! 이쪽이에요!

드디어 길을 묻기로
결심했을 때…

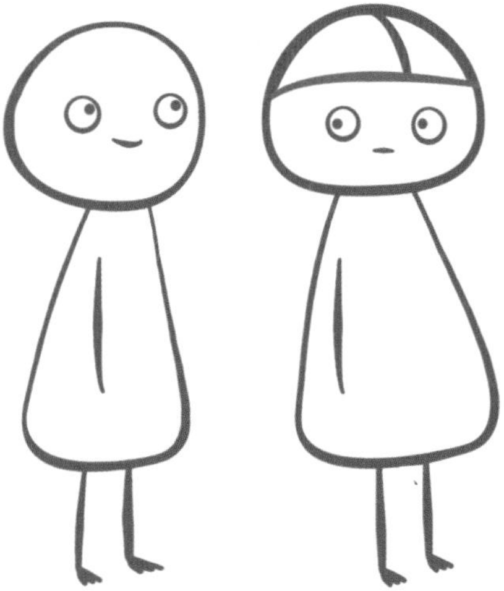

…그런데 직접
데려다주겠다고 할 때.

피니시이신가요?*
네, 저는 피니시예요!**
그럼 치워드릴게요. 맛있게 드셨길요.
아뇨, 그게 아니에요!

중요한 질문을 잘못 알아들었을 때.

* Are you finished? 다 드셨나요?

** Yes, I'm Finnish! 네, 저는 핀란드 사람입니다.

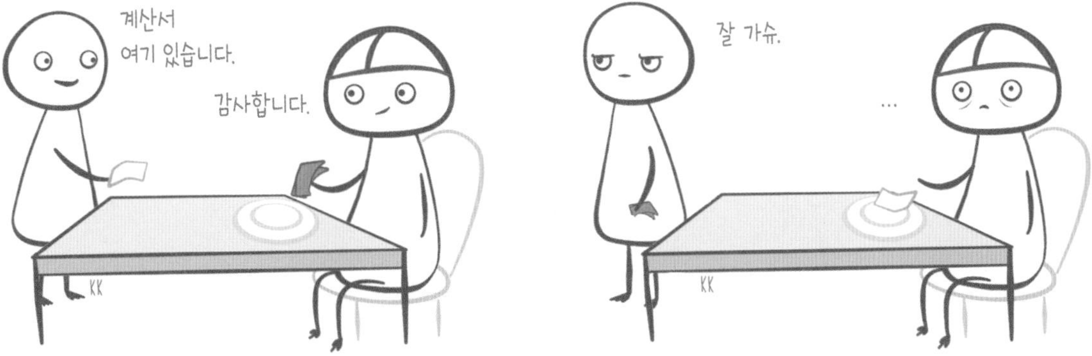
계산서
여기 있습니다.
감사합니다.
잘 가슈.
...

팁*을 주어야 한다는 걸 잊었을 때.

* 핀란드에서는 팁 문화가 일반적이지 않다.

테르베 테르베…!
미타 쿨루?*

모르는 사람이 핀란드어로 말을 걸어오는데
핀란드어로 대답해도 알아들을지 확신이 안 들 때.

* Terve terve…! Mita Kuuluu? 안녕 안녕…! 잘 지내나요?

아이 에타,
이하나 일마!*
KK

알고 보니 그 사람들도 휴가 온 핀란드인이었을 때.

* Ai että, ihana ilma! 와우 날씨 멋지다!

어느새 놓쳐서는 안 될 커피타임*입니다.

* 핀란드는 1인당 커피 소비율이 세계 1위.

마티, 내 안의 작은 핀란드인

다시, 쇼핑 편

연휴 직전의 붐비는 마트에 갔을 때.

바비큐 재료들이 동났을 때.

와우, 반가워요!
그러게요, 오랜만이네요.
곧 또 봐요!
잘 가요!

그러다 아는 사람과
마주칠 때…

…그리고 쇼핑 내내
그 사람을 피해 다닐 때.

길을 막고 서 있으면서도
'에헴' 헛기침 소리를 듣기 전까지 눈치채지 못할 때.

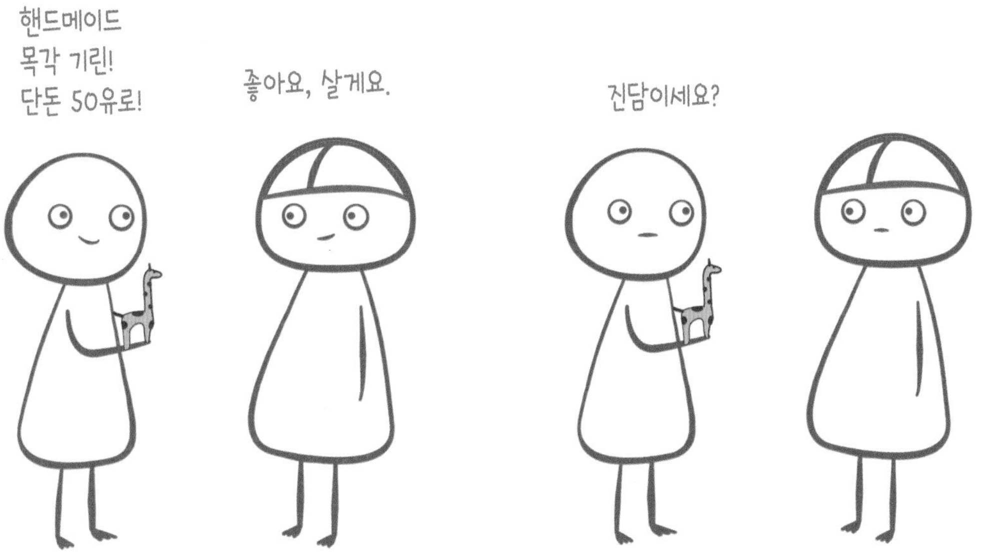
핸드메이드
목각 기린!
단돈 50유로!
좋아요, 살게요.
진담이세요?

얼마나 싼 건지 잘 모를 때.

엄청나게 긴 줄에서 앞뒤 사람과
적정 거리 유지하며 서 있는데…

…꼭 그 사이로 누군가
새치기해서 들어올 때.

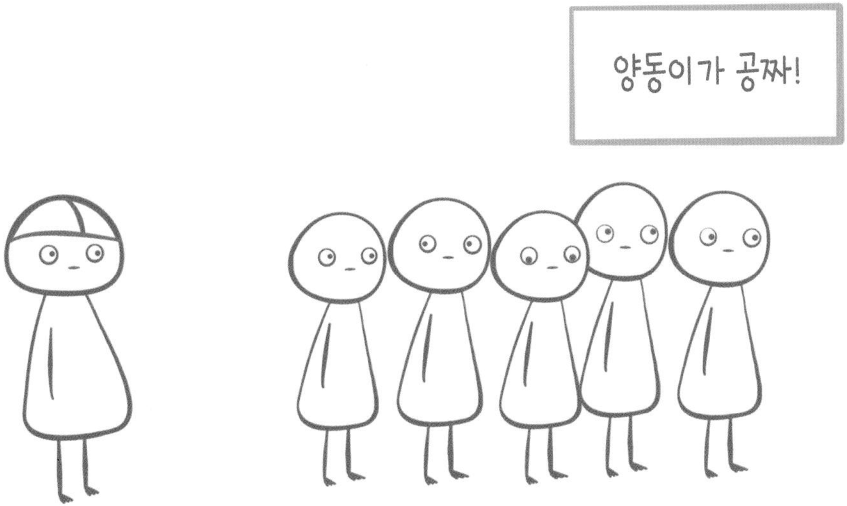
양동이가 공짜!

작정하고 일찌감치 줄 서러 갔는데
벌써 다른 사람들이 엄청 일찍 도착해 서 있을 때.

하필이면 빈병 재활용 기계*가 한 대만 작동할 때.

* 재활용 표시가 있는 빈병을 기계에 넣으면 돈으로 환급해준다.

모르는 사람과 합석해야 할 때.

오, 이런…
슈퍼
마켓
이걸
깜빡하고 가서
다시 왔어요…
또 오셨네요!
COFFEE

깜빡 잊은 게 있어서 가게로 돌아갔는데,
굳이 설명할 필요는 없지만 그래야 할 것 같을 때.

마티, 내 안의 작은 핀란드인

오늘도 핀란드인으로
살아간다는 것

오랜만이야, 마티, 반가워!
언제 한번 다 같이 봐야 하는데!
그래!
다음주 목요일
어때?
음…
……

'스몰 토크'에 또… 너무 진지하게 대답했을 때.

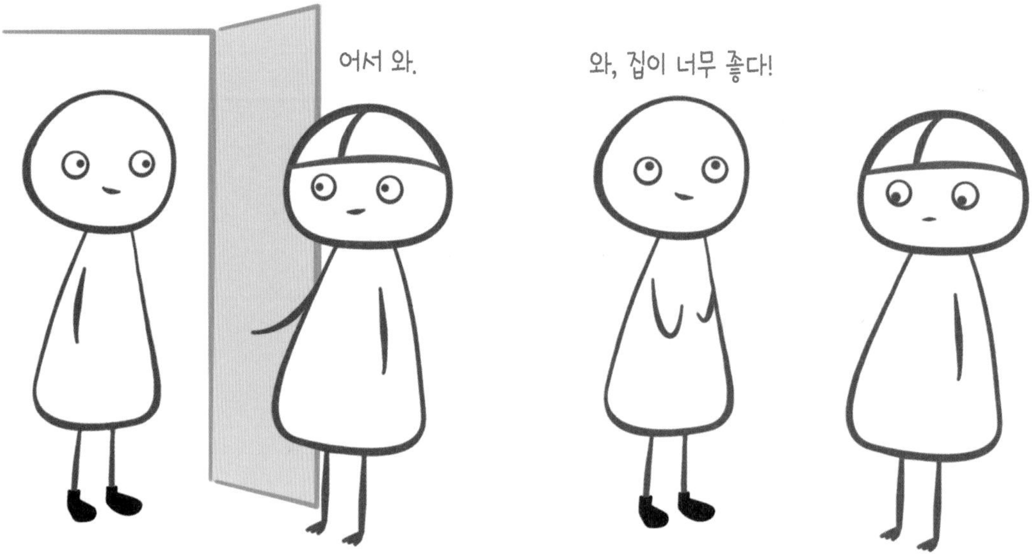
어서 와.
와, 집이 너무 좋다!

누군가 집에 들어오면서 신발을 벗지 않을 때.

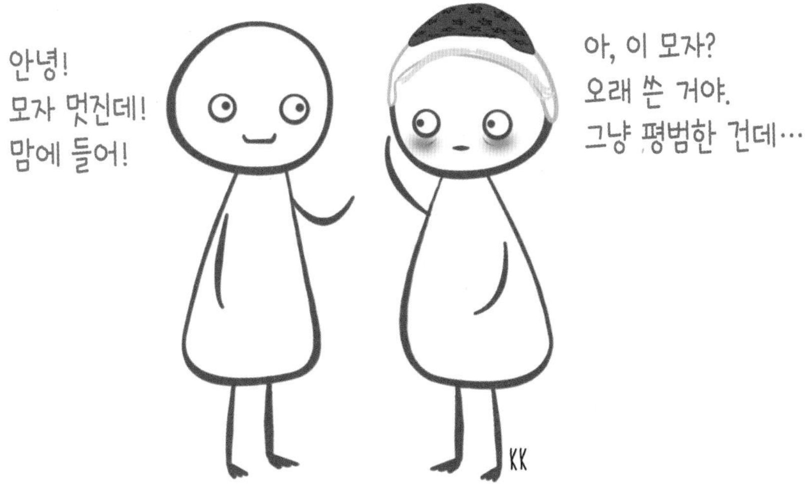
안녕!
모자 멋진데!
맘에 들어!
아, 이 모자?
오래 쓴 거야.
그냥 평범한 건데…
KK

누군가 당신의 패션을 칭찬할 때.

바푸* 축제일에 혼자만 졸업식 모자를 가지고 나왔을 때.

* Vappu, 핀란드의 메이데이 축제. 해군 모자처럼 생긴 졸업식 모자가 이 축제의 트레이드마크 같은 소품이다.

안녕, 마티!
늦어서 미안해.
오래 기다렸어?
아니야.
나도 방금 왔어…

누군가 약속에 늦었지만,
상대의 기분을 상하게 하고 싶진 않을 때.

NO NIIN*이라고 말해, 마티!

핀란드어 NO NIIN 활용법

#1 대화 이어가기

전화 받았습니다, 마티입니다.
노?
닌?
닌 노…
닌.
노닌…
노?
닌.
노닌!
그럼 이만.

* 문맥에 따라 '으음' '아하' '아이고' 같은 감탄사, 혹은 '글쎄' '아니요' 정도의 뜻으로 쓰인다.

NO NIIN이라고 말해, 마티!

핀란드어 NO NIIN 활용법

#2 '노 닌'으로 대화 시작하고 끝내기…

…결과야 어떻든.

노닌.
케이크 만드는 방법
노 닌!
노닌…

마티의 5가지 그림자*

* 핀란드어 단어 중 '마티'라는 이름의 철자 matti가 들어간 단어들 모음.

** 사람의 눈에 마법 모래를 뿌려 잠들게 하고 좋은 꿈을 꾸게 한다는 동화 속 존재.

핀란드풍 이모티콘

감사합니다.

각자의 '마리적 순간'들에 대한
이야기를 공유해주신 멋지고 훌륭한
팬 여러분께 감사드립니다.
여러분의 이야기 중 일부가
이 책에 실렸습니다.

마르지 않는 인내심으로 저를 지켜봐준
남편과 빌레 라우볼라에게도 감사합니다.

그리고 자랑스럽게 마리 모자를 쓰고 다니시는
아버지, 고맙습니다.

마티, 내 안의 작은 핀란드인
소심한 개인주의자를 위한 소설 가이드 2

초판 인쇄 2019년 1월 21일 | 초판 발행 2019년 1월 31일

글·그림 카롤리나 코로넨 | 옮긴이 페트리 칼리올라 | 펴낸이 염현숙

기획 김지영 | 책임편집 이현정 | 편집 고선향 박인숙
디자인 윤종윤 엄자영 | 저작권 한문숙 김지영
마케팅 정민호 정진아 함유지 김혜연 박지영 김수현 | 홍보 김희숙 김상만 이천희
제작 강신은 김동욱 임현식 | 제작처 인쇄 영신사 제본 신안제책사

펴낸곳 (주)문학동네
출판등록 1993년 10월 22일 제406-2003-000045호
주소 10881 경기도 파주시 회동길 210
전자우편 editor@munhak.com | 대표전화 031) 955-8888 | 팩스 031) 955-8855
문의전화 031) 955-8862(마케팅) 031) 955-2652(편집)
문학동네카페 http://cafe.naver.com/mhdn | 트위터 @munhakdongne
북클럽문학동네 http://bookclubmunhak.com

ISBN 978-89-546-5480-7 04850
978-89-546-5478-4 04850 (세트)

www.munhak.com

글·그림 **카롤리나 코르넨**Karoliina Korhonen

핀란드의 그래픽 디자이너. 미디어 프로듀싱을 공부하고 있다. 페이스북을 통해 처음 공개한 '마티'의 'Finnish Nightmares' 시리즈가 큰 인기를 끌면서 두 권의 책으로 출간하게 되었다. 여가 시간에는 놀거나 꿈꾸거나, 혹은 그 두 가지를 동시에 하면서 보낸다. 가족으로는 고양이 두 마리와 남자 사람이 한 명 있다.

블로그 finnishnightmares.blogspot.com
finnishnightmares
@finnishnightmaresofficial
@Finn_Matti

옮긴이 **페트리 칼리올라**Petri Kalliola

교환학생으로 한국을 방문했다가 한국과 사랑에 빠져, 한국에 살고 있는 핀란드인. JTBC 〈비정상회담〉, MBC every1 〈어서와~ 한국은 처음이지?〉에 핀란드 대표로 출연했다. 2018 평창 동계올림픽 핀란드 대사관 코디네이터로 근무했고, 현재 연세대학교 대학원 국제정치외교학과에서 석사과정을 밟으며 핀란드 교육 프로그램을 국내에 소개하는 '필랜드 에듀'에 근무 중이다. 한 아내의 남편이자 6개월 된 사랑스러운 아들 미꼬의 아빠이기도 하다.